週末のアルペジオ

三角みづ紀

Mizuki Misumi

春陽堂書店

もくじ

五月
朝食の支度 8
季節の再生 10
六月
きよくただしく 14
くちなし 16
七月
午後三時 20
午前四時 22
八月
雄弁な花 26
寡黙な森 28

九月
ひとりの参列 32
ふたりの路線図 34
十月
削ぎおとす 38
記憶する贅肉 40
十一月
待つ日 44
あなたを着飾る 46
十二月
手紙 50
写真 52
一月
豊かな暮らし 56
まとわりつく 58

二月
地下鉄に乗って 62
焦点を結ぶ 64
三月
縦でもなく横でもなく 68
あたらしい空気 70
四月
創造のはじまり 74
四月の宇宙 76
特別対談
谷川俊太郎×三角みづ紀 79
あとがき 108

週末のアルペジオ

装丁
平岡和之

詩・写真
三角みづ紀

初出
『Ｗｅｂ新小説』2020年5月号～2022年4月号
＊特別対談は2020年11月号「詩人が語る今」の内容を編集し掲載した。

五月

朝食の支度

窓から
降ったり止んだりする
きょうの
はじまりが
しずかにおとずれた

生きるための
朝食のスープ
すこし萎びた野菜
感情もなく
切りおとし
ひとは　どうして
こんなにも残酷になれるのか。

窓から
さしこんでくる
ぼくの感情を
つかまえて
立ちつくす

逆さまの言葉が
つよい風をうけて
飛んでいった

かたくなに
ぼくの窓は
この部屋を守ろうとして
食卓がいつまでも待つ

季節の再生

地球の裏側で
世界の片隅で
いつもの路地裏で
わたしが目覚める

ふたたびの朝に
かすかな声が
真正面へと伸びていく

急げ
あなたの心を
わるいものから遠ざけて
のんびりしていたら

あなたの心まで
食べられてしまう。

白いシャツに
腕をとおして
地下鉄にのりこむ
だれの顔も見えない

見たくない
あなたの声をてがかりに
球体に沿って
うつりこんだ身体を探して

急いで
賢くなるまえに
なるべく浅はかなままで

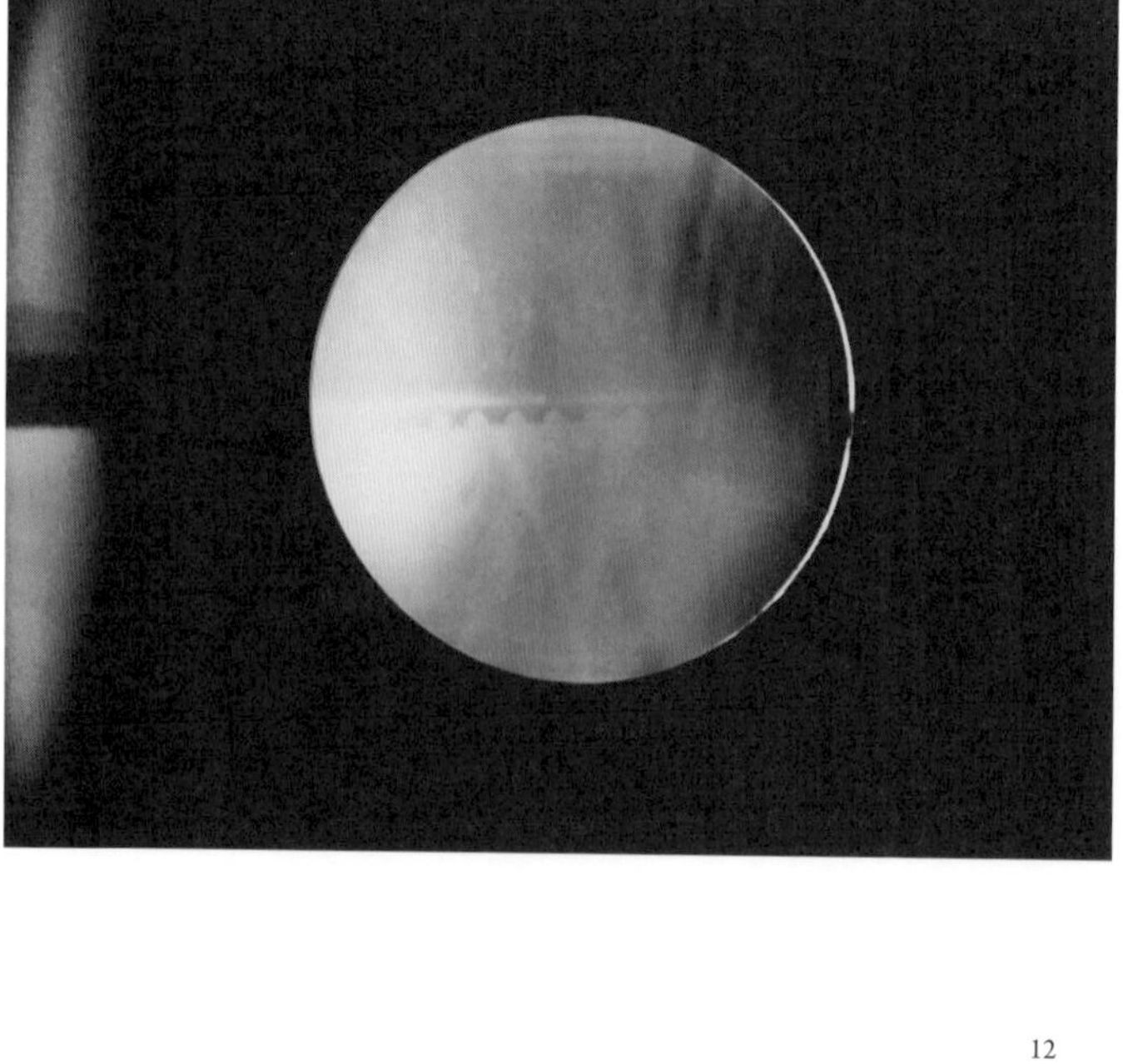

六月

きよくただしく

うつくしい雨音
飲み干したグラス
おもいきり
蛇口をひねって
食器を洗いはじめた

こない返事
待つ時間は
待ちきれず
流れていく

お湯が満ちて
あたまから浸す

見てて
ぼくは
この世のおわりまで
いつも
きみとともにいます。

じゅうぶんに
疲れ果てた
身体を　あきらめて
それでも　確かに
あきらめきれずに

浴槽の温度が
つめたくなっていく

くちなし

傘をひらいて
六月を避ける
ひとつひとつの音が
名前を　呼んでいる

湿った手紙を撫でて
なにごともなかったと
生活が営んでいる

落としてしまった
たしかに笑っていたが
ほんとうに笑っていたのか
その目だけが思い出せない

濡れた花を摘む
あなたは
鮮明な首飾りを
いくらでも作ることができて
同じく
生まれたからには
やわらかくあるように。

甘い香りに
いざなわれて
名前を呼ばれる

交叉点が花であふれる
お願いだから
ふりかえらないで

七月

午後三時

快晴のなか
バスに揺られて
見落とした
季節のなか
ふりおとされていく

ポケットからあふれる
過去やメモや罵声とか
いつか捨てるものたち

空腹をおぼえて
探す　いつもの
イヤホンから音楽

あ、ちがうんだ

ぼくは
パンだけで
生きるのではなく
きみの口から出てくる
あらゆる言葉で
生きている。

あいにいく
停留所を目前に
ひきかえす心が
焼き上がる直前に

午前四時

すこしずつ明るむ
こんなにもはやい
待ってはくれない
カーテンを
正しく閉じた

横たわって
沈殿していく感情が
こんなにもはやい
鏡ごしに丸くして
いくらかは
夜を保てますように

刻まれた皺を辿り
まだ会えないひとへ
地図を求めていた

殴られるのはこわい
あなたの命は重要だから
いますぐ決めて
誰も奪わない
奪わせない。

シーツに汗がにじむ
迷子になってもいいから
ことばでなくてもいいから
できるだけ明確に
応答してください

八月

雄弁な花

束になって
もうろうとした加減
炎天下の通行人が
影を落として
まぶたが連写した

スーパーマーケットへ
直結するものを求めて
今日は今日しかなくて
明日はあやふやになり

あざやかなまま
萎れる花は萎れる

でも、ぼくが
まだ罪人であったとき
きみが　ぼくのために
いなくなったときに
きみの感情が明らかになる。

騒々しさを歩いて
だれもいなくなった町で

青さが
いつまでも反響している

寡黙な森

たどりつく
生きていようが
終いであろうが
乱立した木々は膨張する

いのちが騒がしい
掻きむしれば
この腕からも血が流れた

しずかな喧騒のなか
熱を帯びた感情が
走れ、と結論づける

あなたは
わたしの存在が
誇らしげだったけれど
あなたが
わたしで思い悩むならば
あなたは　あなたでない
わたしは　あなたのものではない。

たったひとりのために
ここまで　やってきた
熟さない木の実を口にふくんで

夏が口をつぐんで
まぶしさは
逃げたものにも平等にそそぐ

九月

ひとりの参列

明確におわっていく
この夏や
この冷蔵庫のモーター音

逃げるように
こどもたちが
めいめいに網をかかげて
捕まえようとしている

腕を伸ばして
カーテンを閉めて
その腕も伸びていき

もうすぐだ
ほら
感触がある

穏やかなうちに
ぼくは身を横たえて
すぐ　眠りにつく
きみだけが
ぼくを安らかに住まわせてくれる。

いのらない真昼
閉じたまま
ひらいていく

ふたりの路線図

快速列車を見送って
駅のホームに座って
何度でも
うしないつづけた

大声をだした夜や
月日がうつろうと泣くときの
ささやかな震えが
線路をつうじて
ここまで追ってくる

過去は過去だ、と
ふりわけられて

理解できるほど大人で
納得できないほど子供だ

あなたの　世界は
あなたに　左右されて
あなた自身でできている
正しくあろうとすれば
影が離れないように
あとからついてくる。

だから
いっこくもはやく
光よりもはやく
分岐しないまま
適切な孤独になってみて

十月

削ぎおとす

連日から
余剰した
かんたんな袋に
おさめては
深夜に捨てにいく

生活からはみだして
ぼくのためにこぼれて

それにすら
愛着をおぼえずに
立ち去る
たまに通りすぎる車が

余韻をのこしながら
過ぎ去る

身体をころしても
心をころせないひとを
おそれないこと
それよりも
身体も心も
ごみ処理場で
ころされるほうを
おそれなければならないこと。

ドアノブに触れて
あたらしい袋をひろげる

記憶する贅肉

つめたい夜気を
吸っては
吐きだして
あてなく歩いていた

色づく葉は
そのうち落下して
踏みつけられて
音になるだろう

おなじ時刻を
うたいながら
どこへも行けずに

漂流している黒

あなただけが
すべてだったと
知ったつもりで
つなぐ手は切り落とされた

学ばないひとびとは
動物のまま老いていく
わたしの肉は肥大して
わたしの分別はすり減っていく。

走りだす
つぎの街灯まで
そのつぎの街灯まで

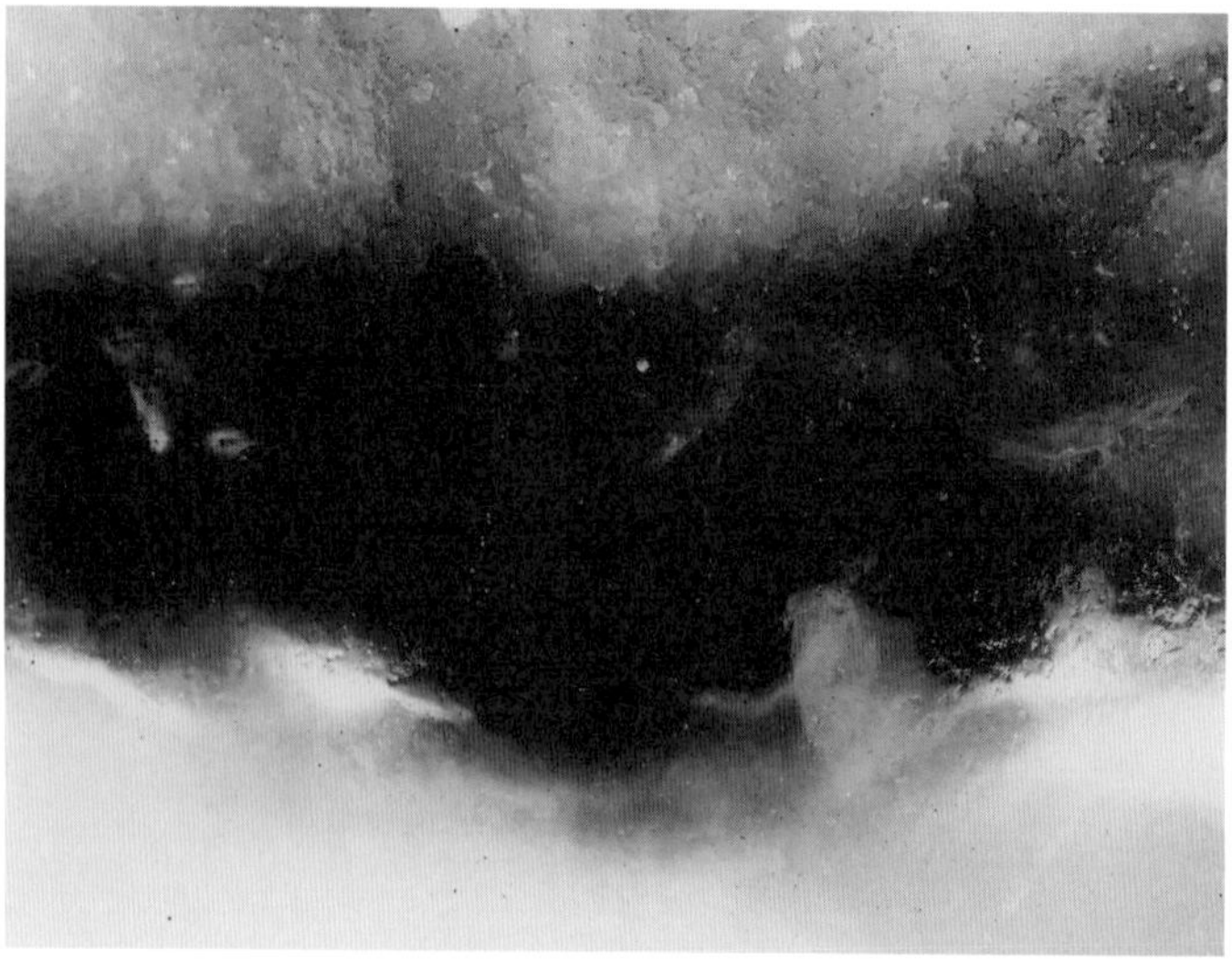

十一月

待つ日

光をもとめて
かたちを変える
この部屋の植物たち

ペットボトルから
溢れる
しぶきが
すこし舞う
浸透していく土の色

季節を忘れて
かってに育っていくんだ
くやしい、と口にだして

ずいぶん　知ったとき

水をもとめるものは
また喉が渇くだろう
でも　きみが与える水は
ぼくのなかで泉になって
えんえんと湧きつづける。

枝わかれした
葉をやさしく撫でて
いつのまにか肌寒く
つまさきまで毛布をかけて
枝先は無言のまま
ためらいなく息をしている

あなたを着飾る

いいかげんな
肌寒さをまとい
つめこんだ
衣類を整理していく

いるもの
いらないもの
着るもの
着ないもの
おぼえている重さの
かつて　あいしたもの

丁寧に箱につめて

乱雑にことばを奪う

あなたが
わたしのものだった頃
そのことだけが大切で
あなたが
わたしのものではなくなったら
ありのままの姿が　ようやく
見える。

もう自分ではない
自分のかたちをした
コートを切り刻んで

加湿器が湯気をたてる
会いたいとは思っている

十二月

手紙

腐敗して
またたくまに凍てつく
いちめんの白が
いっさいの音を吸収する
きれいな冬があらわれた

眠りについたら
もう目覚めない
朝がおとずれたら
ほら　もういちど

ないているところを
はやく

見せて

きみが
ぼくに告げる
きみの言葉に応答するなら
ぼくはしぬことはない。

あしたにすら倦怠して
いまが　動揺していて

かえす言葉を
破り捨てたら
ちいさな箱に
身体をおりたたむ

写真

湿度をはらんだ雪が
未明から降っている

歓喜して
いくどもおさめて
あなたと共有した
いつかは溶けるって
残酷でしかないのに

よろこびに
かなしみが生まれて
よろこびに
こわさが生じる

よろこばないと決めよう
そうしたら
かなしみも　こわさも
何もうまれないのだ。

残ったのは
あらゆる風景と
つたえる動悸で
白樺の群れが裸のまま立ち尽くしている
ちっとも寒くないと
主張して

安全なところに住む
わたしはいまだ
投げ捨てることができない

一月

豊かな暮らし

ラジオから流れる
かわりのない言葉

会えないひとには
会えないままで
ずっと持ち歩いていた
半身を　焼きつくす

あたらしい願い
できなかったことと
すこしでも成し遂げたことを
あわせたてのひらに
おさめた

すこやかな心は
身体を支えて
はげしい感情は
骨をもむしばむ。

自分の足音で
リビングが崩壊していき
除夜の鐘は鳴りやまない

これまでを片付けて
いつもとはちがうお茶を飲んだら

冬眠した熊が
はかない夢をみていた

まとわりつく

これほどまでに近いのに
これほどまでに遠くって

あたらしさを踏みしめて
白のうえを歩きつづけた
てのひらが赤い
目が痛い

引きずる足で
スーパーマーケットへ向かう
いくらでも吸収できるので
緑色のプラスチックに
ほうりこむ　甘いもの

昨日は捨てて
明日は待たずに
ただ　瞬間を
だれよりも
たくましく
生きなければならなくて。

いま　熱い
身体が焼かれて
わたし　知っている

夕方にはキタキツネが
無垢なふりをして痕をのこす

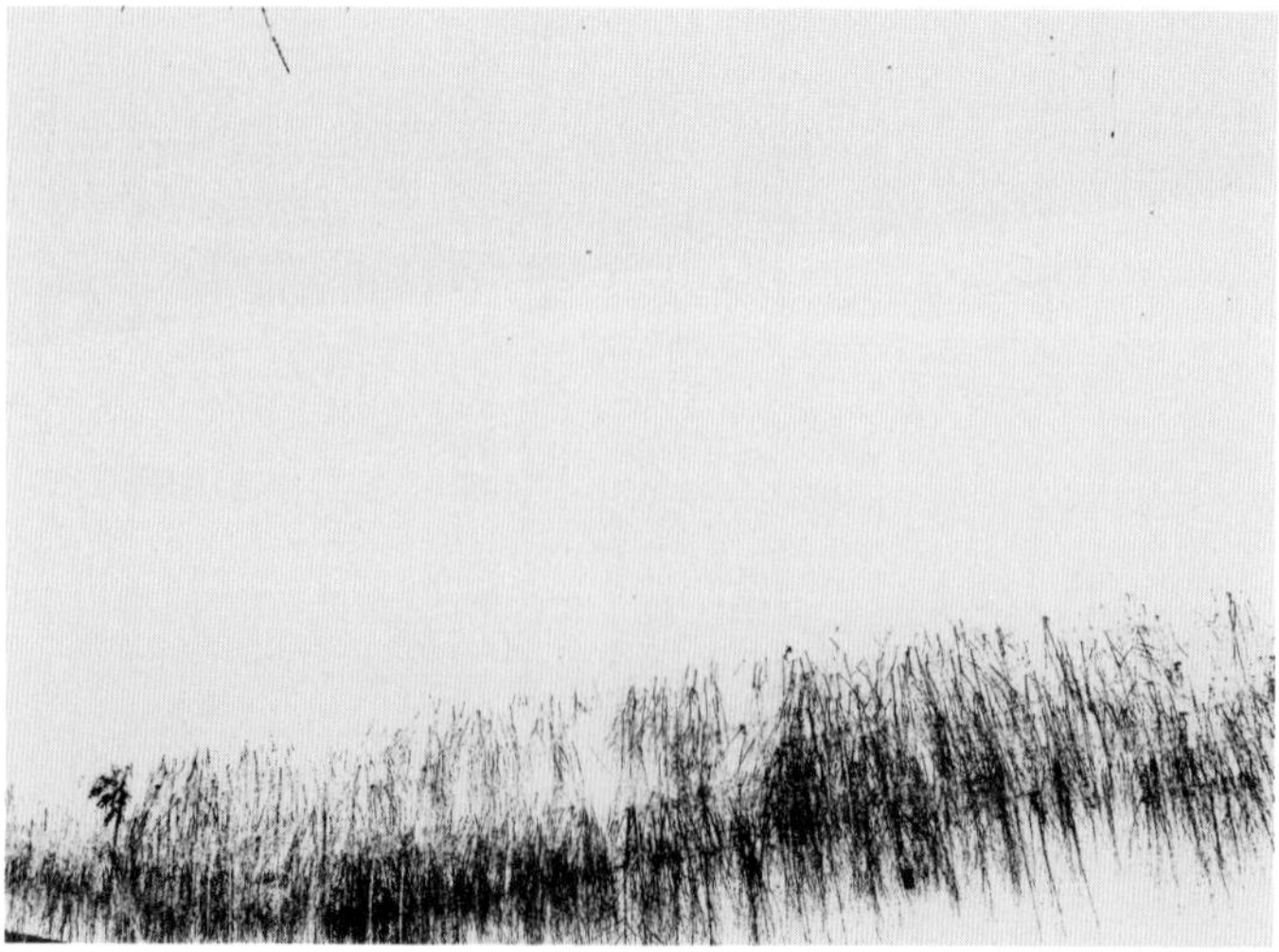

二月

地下鉄に乗って

昼になったら
待ち合わせ
ちょうど太陽が
頭上にあるころ

除雪車の音
いつだって
だれかが生きている音がする

傘をささないひとたち
いっせいに
今日、祈る
また、手折って

きみの行為は
すべてのときにかなって
うつくしく
ぼくの心に永遠を与えるが
きみの行為を
はじまりからおわりまで
ぼくは知ることができない。

名づけられて
ひとけのない公園に
動物の足跡が散らばる

一瞬がつながった
それだけだった

焦点を結ぶ

日射しの輪郭が
かすんでみえる朝に
舞いながら降る
おそらく積もる

凍結した駅まで
かんたんに足をとられて

すれちがうひとびと
わたしは彼らを
冷静にとらえていく

あなたにしがみついて

姿を知ることができなかった
あなたをてばなしたら
姿をよく知っていて
これほど抵抗しなければ
あなたのかたちが鮮明になった。

皮肉ではなく
すれちがえばよかった
一瞬の距離で
つめたく、しずかに

なんら　ゆるされない
歩道にできた雪の垣根

あなたの背丈まで伸びたら
ひとおもいに　淋しくなる

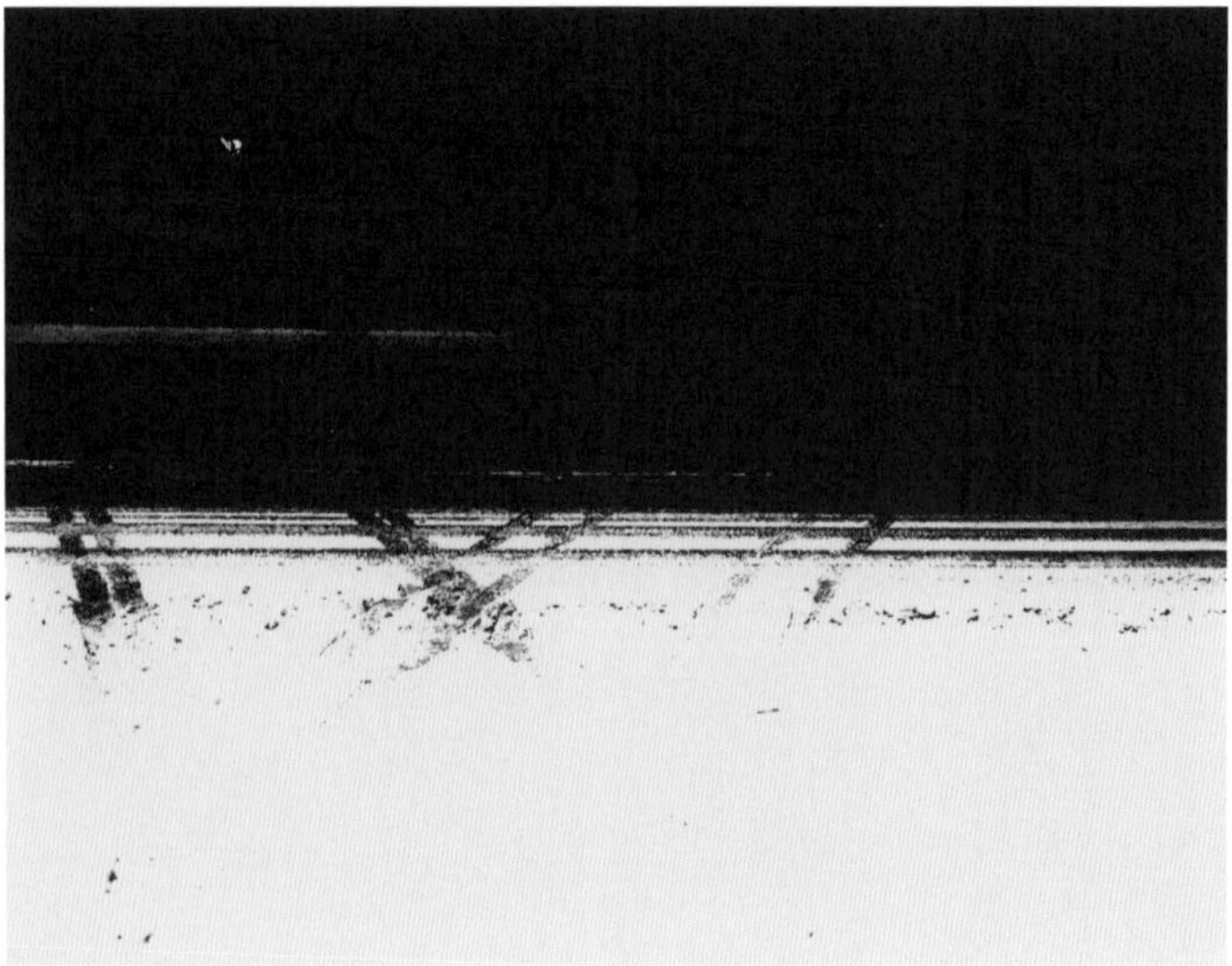

三月

縦でもなく横でもなく

抱えこんだまま
クローゼットをひらく

ほつれたセーター
袖の汚れたコート
いつも着ているシャツ

いっしょくたに
一年が並んで
きみが　いつか
すきといっていたね
丁寧にたたんで
しまう

整列して
幾度となく
うらぎられて

こんな
ちいさなことすら
できないのに
なぜ　ほかのことまで
心配するのですか。

たやすく傷んで
ほころびた糸が
春に近づこうとしていた

あたらしい空気

窓がわずかに開いている
地下鉄には
風が流れこむ

コートの厚みは
やわらかくなって
間隔を保って着席した

車内は遠慮がちに
それぞれが
ささやかに
賑わっている

またね　で終わるなら
逃げ場もないくらい
たやすかったはずだ

浮き沈みを
直視しないで
百年を生きるより
まっすぐに見て
一日を生きていく。

番号で呼ばれて
いそいで部屋へはいった

あなたの名前も
そのうち数になる
陽光を享受して綻んでいく

四月

創造のはじまり

うけとめる花弁
こんなにも小さな舟

乗りこんだら
挨拶を交わす

家々の灯りが
そこはかとなく
しかし確実に
揺れつづけて

もはや
ふたりではなく

ひとり
ぼくは　きみが
結びあわせたものを
引き離してはいけない。

手をつないで
つぎの地に向かう
やみくもに先を見て

ようやく
地平線が瞬きをしたころ
ぼくたちの腕が櫂になる

四月の宇宙

鍵穴がわかりやすく
よく見える日には
ためらいなく扉を
開けなくちゃいけなくて

わたしが
溜息をもらしたら
あなたへの灯火を
ふき消してしまう

なるべく
息をひそめて
もつれる糸を

ほどこうとした
さなかにも
人類が多すぎて果てしなかった

花の香りは
吹く風に逆らわないけど
あなたのたしかな香りは
あらゆる方角へと
風に逆らって進んでいく。

その手は
わたしのではない
けっして
色褪せない日々を
嗅ぎわけて
旅をつづける

特別対談

谷川俊太郎 × 三角みづ紀

東京と札幌——現在の執筆状況

谷川　僕の最近の生活はほとんど変化がないんですよ。コロナ禍でちょうどステイホームって言われているときには、すでに僕は外に出なくなっていて、家で詩を書いているのが楽しくなっていた時期でした。自分の中ではコロナのせいで家に居るのか、年を取ったから居るのか、そこがこんがらがっちゃって、よくわからない。でも一人で詩のことを考えると、やっぱり詩を書くのが生きがいになっていますね。以前はそんなに詩を書くのが生きがいなんて感情はなかったんですけど、今は詩を書くことで自分が精神的に安定しているんですよね。世の中の変化、不安みたいなものが詩によって救われてるって感じがします。

三角　私はずっと旅をしながら、移動をしながら詩を書いてきたので、それができなくなってしまって。慣れるまでは苦痛というか、自分の動きが止まってしまったようで悩んでいました。でも、旅って遠出だけではないと考えて、今は札幌市内を移動しています。

谷川　札幌市内は、どうやって移動するんですか？

三角　地下鉄です。

谷川　だけ？

三角　はい。地下鉄だけです。とても近場を目指して、二十分ぐらい揺られた所にあるホテルに泊まって、「近いのに知らない町」を散歩して、いろいろ探して、詩を書いていています。自分の中では詩のテーマが移動になっていたので、今後、そのテーマをどう変えていくかっていうのが課題です。

谷川　今、書く道具は何を使ってるの？

三角　書くものは「何でも」です。パソコンで書いたり。手帳の空いている所とか……。

谷川　紙に手書きすることもある？

三角　あります。

谷川　僕は基本Ｍａｃですね。字が下手で子どもの頃よく親に怒られて、字を書くのが苦痛なもんだから、ワープロが出たときすごくうれしかったのね。だからもうコンピューターになってからずっと、詩はパソコンを使って書いてますね。

三角　今はスマホのメモ帳があるので、動物園に行ってエッセイを書こうと思ったら、ずっとスマホにメモしながら歩いてとか、私はそういうことをやっていて。でも２００４年頃、携帯で詩を書いているというのが新聞記事に載ったら、年配の詩人に怒られたんですよ。

谷川　なんで？

三角　詩はそんな甘いものじゃないみたいな。向き合う姿勢のような話だと思うのですが……。

谷川　年寄りは困るね（笑）。

三角　手書きするべき、という感じだったので、当時、頑張っていたところはあります。

谷川　スマホは年中、僕も使ってます。書いたりはめったにないけど、手元に紙と鉛筆がないときには、メモに打ち込んだりしますね。でも本当にごく短い、詩の一節にもならないような短いものを忘れないように打ち込んどくだけで。そのメモをきっかけにして、自分のＭａｃで書き始めるっていうことはあるんですけどね。

創作の時間――詩を書くタイミング

谷川　最近朝、目が覚めると言葉が自分の中にあるんですよ、思い浮かんでるんですね、変だけど。それを慌ててメモして、メモを元に起きてから詩が書けたりすることがありますね。わりと僕、ずっと注文仕事の人間なんですよ。必ず何か依頼があって、それが字詰めまで依頼されることもあるし、テーマがあることもあるんだけど。注文仕事で書いていたのが、だいぶ年取ってきてからは自発的に詩を書くようになったんですよ。それで今、詩を書くのが楽しくなっているんだと思う。だから詩をメモするときは、「どのメディアにどういう形で発表するか」を頭の片隅で考えながら書きますね。

三角 私の場合も、依頼があってからのほうが多いですね。

谷川 どんな依頼がある？　どんな所から依頼があるのか興味があるんだけど。

三角 たとえば俊太郎さんが奈良で芸術祭の作品の一つとして展示をしていたmui Lab（ムイラボ）。木製のデバイスを製作している会社で、このmuiの言葉を全部、担当しました。他には、山口県での花博のために市町をすべてまわって、土地ごとの詩を書く、などもやりました。

谷川 そういうの楽しい？

三角 楽しいです。

谷川 ね。僕も結構、楽しいんですよ。

三角 あと俊太郎さんの書籍『ベージュ』の中で、表参道にあるスパイラルのギャラリーで公開制作した際の作品がありますよね。私も違う方の美術作品の担当をさせていただいて。そういうお仕事はいろいろあります。

谷川　いいですよね。とにかく他者ってのは大事ですね。

他者からの言葉と、幼い頃の記憶

谷川　昔の詩人は自分の中から湧き上がるものがメインだったんだけど、言葉って他者からの刺激で出てくることが多いんですよね。だから僕、連詩をやってたでしょ？　大岡信《おおおかまこと》さんたちと。連詩を好きだったのは自分から湧いて出る言葉じゃなく、人の言葉に自分が反応するっていうのがすごくおもしろくて楽しくて。思いがけない言葉が出てくる。だからね、そういう書き方は長続きしますね。

三角　そうなんですか。長続きまでは考えたことがなかった。

谷川　僕は70年ぐらい書いてるから、長続きしないと〈方法〉にならないんですよね。いつも「自分の書き方、これでいいのか？」と思って、「新しい書き方しなきゃ」みたいな強迫観念があって。今も、これまで取り組んでなかった書き方で書いたりしてんだけどね。三角さんの『どこにでもあるケーキ』っていう詩集があるじゃないですか。

三角　はい。

谷川　（キャッチコピーの「わたしは十三歳になっていた。」にあるように）13歳の書き方ってのは、どういう感じで書きました？　僕すごく「子どもの立場」で詩を書くんだけど、「僕が子どもになってる」ってみんな思うらしいのね。でもそうじゃなくて、「子どもの自分を基にして、子どもを客観的に見ながら、子どもの詩を書いてる」って感じなんだけど、13歳の生《なま》の自分っていうのを思い出して書いたことありますか？

三角　いや、じつは、私とても記憶力に乏しくて。

谷川　僕も同じなんだけど（笑）。

三角　小学校、中学校、高校の担任の先生の名前、一人も言えないんですよ。

谷川　僕は一人は言える。

三角　本当ですか。負けました（笑）。

谷川　小学校の一番初めの先生は、ミヤハラタヨ先生でした。

三角　最近、母から聞いた話や写真を見たりして、幼い頃の記憶は覚えているつもりになってるだけなんじゃないかなって。覚えていると思っていたけど、本当は自分の記憶ではないんじゃないかってことを考えていて。13歳のときのこともあまり覚えてないので、『どこにでもあるケーキ』の詩は、「自身が13歳の子どもに戻って書いた」ではなく、「13歳の子どもってこうだったんじゃないかな」を考えて書きました。先ほど俊太郎さんがおっしゃった客観的に見る感覚に近いのかもしれないです。

谷川　僕は自分の中に、幼児の自分が「まだいる」感覚があるんですよね、一種の観念なのかもしれないけれども。子どもの詩を書くとき、意識しないで子ども的な発想ができることがあって。以前、『バウムクーヘン』という詩集を書いて語ったりしたことがあるんだけど、「年齢が層になっていく」っていう――中心にゼロの自分がいて、そこから丸い層がバウムクーヘンみたいにずっと重なって、一番外側に今の自分がいる――感覚があるのね。だから子どもの立場で書くのが楽な感じがしたんですよね。と、いうより年を重ねてから、「子どもに戻ったほうが人生の大事なことが言える」になっています。実際言えてるかは別としてね。

13歳の自分も、今の自分も区別できない

谷川　年齢ってみんなそんなに分けられませんよね。3歳の自分と80歳の自分を分けられないのはおかしいんだけどさ、正直に言えば、3歳の自分と今の88歳の自分がつながっちゃってて、簡単に分割できないなっていう気がします。

三角　「年齢が層になっていく」ということについて、今のお言葉を聞いて初めて意識しました。私は、12歳から14歳ぐらいの思春期に、学校に溶け込めなくなった時期があって。それまではお調子者でクラスのみんなをまとめる、みたいな感じだったけど、急に引っ込み思案になってしまった。その年齢は大人になる境界線だから不安定になりやすいって、最近読んだ本で知り、そういうことだったのかなと思いました。でも、35歳を過ぎた頃からだんだんまたお調子者に戻り始めています。

谷川　本当？　今はお調子者なの？

三角　はい。今はお調子者です（笑）。

谷川　あまりそうは見えないね。

三角　そうですかね？

谷川　寡黙な人みたいな印象があるんだけど。

三角　みんなが見てないときは、一人でずっと無音で踊ったりしています。それでこの間、捻挫しました（笑）。

谷川　前衛的だね。一遍、見てみたい。

詩の朗読——オンライン対談での試み

三角　『どこにでもあるケーキ』の中から、「ケーキの赤ちゃん」を読みます。
（※編集部注　ぜひ読者のあなたも声に出してお楽しみください）

白く小さなケーキの箱に
ふるえる虎模様の子猫
瞼がくっついていて
怪獣みたいに泣いた

帰り道に拾った猫を
そっと玄関に置いて
何度でも息をたしかめる

困っている父と
家族が増えることに
よろこびを隠せないわたし

動物を飼うことに反対する母は不在で
まだ玄関で泣いている子は
動物じゃなくて家族だから
名前をつけなきゃいけなくて

夏の終わりに
けたたましく鳴く蟬は
音になって降りそそぎ
世界はまだまだ続くのだと教えてくれる

いまにも壊れそうな息は
しっかりと生きているから
これから死ぬものも
これから生きるものも
大声をあげている日に。

とらちゃん、おかしちゃん、しましま、ぽっぽ
鳴き声が一瞬やんだ
（『どこにでもあるケーキ』収録「ケーキの赤ちゃん」より）

三角　もう一篇「湖の生活」を読みます。

たゆみなく
生きる練習をしている
やすみなく
成熟する稽古をしている
わたしたちは　しだいに
演じることに慣れていく

屋上から落下したら

制服のスカートが
パラシュートになって
また日常に帰結する

日が照りつける午後
あくびを　こらえて
紺色の水着にきがえた

澄んで　風で波打ったプール
ほのかに塩素のにおいがする

ひっきりなしに
飛びこんでいき
紺色であふれた水面

かぎりある青さがつまらなくて、

わたしは
息をひきとったふりをして
ぽっかり浮かんで湖になる

（『どこにでもあるケーキ』収録「湖の生活」より）

谷川　（自分が）活字で読むよりも、やっぱり本人が朗読するほうがずっと気持ちが入りやすくて、しかもホールでたくさんの聴衆がいる中で読むのを聞くより、こうやって顔を（近くで）見て聞くほうがいいってことがわかった。今。声量もちゃんと聞こえるしね、詩の中のパンチラインってあるでしょ、家で読んでいるとつい読み過ごしちゃう所があるんですよね。それが肉声だとちゃんと聞こえるから、こういう朗読もいいなと思いました。「大勢の朗読会で聞くか自分で読むかしかなかったけど、そうじゃないものがあるんだ」ってことを、ちゃんと意識するようになるね。

存在しているものを、存在しているように書きたい

谷川　ちょっと長めだけど、あまり書いてなかったスタイルで書き始めた詩を僕も読んでみます。題名は「イル」、要するに「is」です。I am の「am」、he is の「is」ね。

今日
私がイル
のである
昨日も私はイタ
姿かたちは違っていたが
八十七年前もイタらしい
のである
犬でも
猫でもない
私が
今も昔もイル
のである

イルから
あなた
なのよと
女が言った
イルから
うざい
と男が言った
それがどうしたと
私は思った
空が青い
今も昔も青いが
マンネリない

昨日
財布を
失くした

何人か
人が死んだ
皆知らない人だ
世間は広い
世界は
もっと広いから
悩む
海も山も
知らん顔だ

これでいいのか
と思う
カケラしか
見えない
静寂が
聞こえない

なのに
イル
私がイル
平気で
今も

（『ベージュ』収録「イル」より）

谷川　僕がここのところずっと何となく気になってるのは、存在。何かが存在してることと、それを言語で言うことの違いみたいなものね。言葉にすると、どうしても存在の実在に迫れないというか、別のものになってしまう。だから「存在している何かを、存在しているように書きたい」。だから「イル」なんて言葉が出てきたんだと思いますね。具体的に言いたいんだけど、どうしても言葉は観念を含むから、本当に実在から離れちゃうところがあるんですよね。（「イル」が収録されている『ベージュ』は）意識的に若い頃に書いた詩と、現在の詩を並べて入れたんですけど、あまり違わないんだよね。がっくりしちゃってさ。若いときのようには書けないけど、「芯にあるものは変わってないな」と思って。自分では、なんかこれでいいんだと思う気持ちと、本当に自分は成長しないのかっていう気持ちの両方がありますね。そして、初めからフィクション意識が強いから、散文的に書いている「顔は蓋」の詩でも自分の若い頃を思い出したりとか、対話したりすることはないんですよね。投げやりだから。自分でもちょっと戸惑ったのね。「なんで顔は蓋という言葉が出てきたのか」みたいな。顔の奥になにかが「いる」ような感覚はありますね。

三角 「言葉は観念を含むから、本当に実在から離れちゃうところがある」って、まさしくその通りですね。私はそれにより、救われている部分もあったりします。俊太郎さんの『ページュ』の詩集では、私は「この階段」がとても好きです。

詩の書き方、詩集の書き方

谷川 詩を書くとき、初めからフィクションを書くっていう意識ではない？

三角 そうですね。「ケーキの赤ちゃん」（88ページ）は実際、二番目の姉がケーキの箱に入ったトラネコを拾ってきて、そのネコの名前が「ぽっぽ」でした。姉が拾ってきたネコを、自分が拾ってきたかのような書き方にしてみました。でも「湖の生活」はフィクションですね。屋上から落下したことはないから。それと、『どここにでもあるケーキ』の一番初めに入っている「森の生活」という詩を書いたときは、十勝に向かうバスがちょうど森の中を走っていて、その森を見ながら考えました。書くことと場所は、とても関係していると思います。知人の営んでいる帯広のホテルが滞在制作の機会をくださって、そこで籠って書きました。

谷川　「森の生活」っていうと、ソローの『ウォールデン』っていう本をなんとなく連想しちゃうんだけど、そういうことは全然ないですか？　意識はしていなくても、過去に読んだものにフィクションのネタがある、みたいな。

三角　私が10代の頃に読んだ小説の雰囲気とか、大好きなものの影響、そういう匂いはあるかもしれないです。意識しているわけではないのですが、雰囲気が影響している。

谷川　雰囲気ね。それはある。

三角　『どこにでもあるケーキ』がフィクションと実際にあったことを混ぜていく形だったので、『週末のアルペジオ』はもっとフィクションにしたくて。今までは詩の主語が平仮名で「わたし」だったんですが、「ぼく」に変えた部分は、新しい挑戦でもありました。

非日常が続く日常での連載——週末のアルペジオ

三角　２０２０年2月末に北海道札幌で（新型コロナウイルスによる）緊急事態宣言が始まって、もう何がどうなるか全然わからなかった。今まで生きてきて、いろんな災害があったとはいっても、世界中が同じことで大変な状況が初めてだったので、あまり精神的に元気はなくて疲れているときでした。でもその疲れの中で、「無理をせずに今の気分で綴《つづ》ろう」と思って、自宅で書いた詩の連載です。

谷川　僕はあまりコロナを重要視してない面があって、世界中が大変な思いをしていることに対する感情はあるけど、どうしても半面的なんですよね。自分の日常でコロナを感じることはほとんどない。だけど三角さんの詩を聞いていると、「コロナの状況が起こっても変わらない生活の部分が主張されてる」んじゃなくて、淡彩画や水彩画みたいに「実際の三角さんの生活が詩のベースにある」というのが気持ちいいんですよね。現代詩の男性作家で、全然作者の生活を感じさせなくて、本当に観念的な言葉で詩を組み立てる人が結構いるんだけど、そういうものとは違う。一種の「女性性」も潜んでいるような気がして、聞いていて快いんですよね。今の現実世界では結構、主張したりけんかしたりっていうことが多いじゃないですか。そういう言葉と次元が違う言葉を聞くと救われますよね。詩の言葉って平静な言葉であってほしいわけだから。

媒体で意識すること――紙とデジタル

三角　たとえば紙面だと字数制限を先に言われるんですけど、ウェブは紙面よりも調整できて、制限がないこともありますよね。今回、主体を「わたし」ではなく「ぼく」に変えてチャレンジしてみようって思ったのも、（企画のスタートが）ウェブだからこそ。写真と詩の連載だったのですが、本になったときに、写真がなくても、詩だけで成立するようにもしました。

谷川　書くときにウェブをあまり意識はしないですね。意識しないってことは、読者を意識すること。それしかないんですね。詩のメディアがだんだん狭《せば》まっていくし、自分の思い描いている詩じゃないものに占められていくっていうことがあるもんだから、（ウェブは）そういう所から逃れるための一つの手だてかなって思うところがありますね。それからもう一つは、売れ行きを気にしなくて済むっていうところね。電子書籍はあるんだけども。たとえば詩集みたいに「出ました、さあ反応はどうなんでしょう」みたいなことがなくて、流れていくじゃないですか。自分の書いたものがずっと流れていって、いつ反応があるのかわかんないところが、自分にとっては新鮮なんですね。だから（今後も）ウェブで詩を発表すると思います。僕はTwitterを一時やりかけてやめちゃったんだけど、ウェブの場合にはあまり散文的にぎっしり文字がつまったものより、割りと透け透けで言葉がぽんぽんとあったほうが、見る人が見やすいし読みやすいんじゃないかなと思ったこともありますね。短い4行と3行の組み合わせの詩は、自分で「ミニソネット」なんて呼んでいます。そして今の言語状況を大げさに言えば「とにかく氾濫してる」。言語が本来指し示すべき実体が全然わかんなくなってるんじゃないかって。昔、福田恆存《ふくだつねあり》さんが言った「言語のインフレーション」ね。その状況に対して生理的にやりきれなくて「できるだけ短い言葉で詩が書けないか」という発想で「ミニソネット」は始めたんですね。だけど印刷にするとすごく白が目立っちゃうじゃない？　短い詩って。だからその点ではウェブに発表していてよかったなって思っています。言葉の量にちょっと嫌気が差してるところがあるから、自分に関して無口になりたい気持ちもあるんですよ。自分ができるだけ少ない言葉でちゃんとしたことを言いたいっていうのは、日常生活でもそうだけど、特に詩の場合にはね。ただこれ、朗読に向いてないんですよ。読んでみたんだけどね、声の感じが活字のほうに負けちゃうっていうのかな。朗読は「声の調べ」みたいなのがどっかにあったほうがいいじゃないですか。こんなに短いと調べがないんですよね。ぶつ切りみたいで。

三角みづ紀から《谷川俊太郎へ5つの質問》

三角 《俊太郎さんが、朝、起きて一番初めにすることはなんですか》

谷川 最近目覚めると、言葉が自分の中にあるって話をしたけれども、ここ数年、思い付いた言葉をメモすることとかもね。

三角 そうなんですね。

谷川 うん。で、そのあとにおしっこに行きますけどね（笑）。

三角 お手洗いに行くより早くメモを取りに？

谷川 そういう場合があるってこと。毎日じゃないですよ、もちろん（笑）。その言葉は「詩の始まり」という意識で出てくる。1行目になるわけじゃなくて、5行目とか2節目とかに来ることもあるんだけど、自分で取っておきたい言葉ですね。僕、夢を見ない人だから、多分寝てる間に思いついたんじゃないかと思うんですよね。メモした後は、飲まなきゃいけないサプリメントや薬があるから、それを毎朝、飲んでます。

三角　《ご自身の中で、よく使ってしまう言葉ってありますか》

谷川　あまり意識してないけど、多分あるんですよね。僕の中の語彙を極めた人がいて、そのときにやっぱり、透明とか青とか理由がありましたよ。自分でも意識しています。時々、これはあまりたくさん使っちゃまずいから、違う形にしようとか思って、類語辞典を引いたりするんですよ。同じ意味で違う言葉を探したりすることはあります。

三角　私はその時々でよく使う言葉が変わるので、俊太郎さんもあるのかなと思って。

谷川　意識して「しょっちゅう使ってるから使わないでおこう」とは思わないんですけどね。後になって、「すごく同じことを言ってるな」って感じることはありますね。

三角　私も意識しているというより後で気付きます。今日、詩の中から何を朗読しようかなと読み返していたら、連載詩で「萎れる」「萎びた」を数回使ってたんですよ。だから今、「萎」を使いたい時期なんだなって。それはしばらく使わないでおこうと思いました。次の質問にいきます。《俊太郎さんは、ふだん、何を考えてますか》

谷川　何も考えてません。

三角　何も考えてません？

谷川　うん。ふだん、考えてるってことは、何か心配ごとがある人だと思うんですよ。もちろん僕にも心配ごとはあるんだけど、若い頃に比べると大体、感覚、鈍ってくるのね。今、匂いとか味の感覚は、鈍ってるんですよ。だから心配ごともあまり感じなくなってんじゃないかと思うの。心配ごとはあるはずなのに。ふだん、考えてることって言われると……。そうだなぁ、一時はご飯の支度とか言ってたけど、それを考えるのも少なくなってるし、適当に食べてるからあまり考えなくて。結構、詩のことは考えてるかもしれません。「詩とは何か？」は考えないんだけど、僕はやっぱり、詩の文体がすごい気になるね。スタイルっていうの？　散文の文体ってあるでしょ？　同じように詩の文体が気になって、その文体に自分で飽きるんですよね。だから自分が今、書き続けている文体に飽きたときに、なんか違う文体を思いつきたいってことがあまり意識せずに、でも心の中に残ってる気がするんです。最近取り組んでいる短い1行、ソネット形式も、今までとは違う文体で書けるかなと思って書いてるやつですね。

三角　ありがとうございます。私の場合、いつもごろごろしたいなって考えています（笑）。それに悩みごとは多いほうかもしれないです。あと料理も好きなので「何、作ろうかな？」とか、どうやって安くお菓子がお取り寄せできるかも考えています。

谷川　それネットで？

三角　今はなかなか買いに行けないので、ネットですね。次の質問です。《ずっと言葉と向き合ってるのは疲れると思うんですが、俊太郎さんの気分転換の方法はありますか》

谷川　僕、自動車が好きなんで、ちょっと前までは自動車でどっかドライブに行くとか、それから自動車の進歩をずっとフォローしてたんですよね。今もややフォローしてるけど、メディアで写真を見たり、性能がどうなのかを見たりとか、そういうことをやってます。テクノ的なものが好きなもんだから、あまり文学のほうに行かないんですよね。読書で気が紛れることはあまりなくて。読書は関心がある作家を読むっていうふうに、もう決まってきちゃってます。だから評判がいいものを読むことは、ほとんどないんですよ。

三角　私は、ふだんのずっと言葉を考えている気持ち、気分とは違う方向に行きたいので、最近はNetflixやYouTubeでずっと怖いものばかりを観ています。

谷川　怖いもの?

三角　はい。オカルトや都市伝説の話を観て、「自分の中の詩とは遠い場所」に意識を持っていきたいな、と。

谷川　そういえば僕も気分転換にYouTubeは観ますね。Netflixは長いから気持ちを落ち着かせて観ないと駄目だけど、YouTubeは短いから。この間観たのはラジコンのグライダーを飛ばす映像。断崖の上から手ですっーと放すと、それが本当にきれいにずっと空を飛んでるのね。虹も出てきて全然、音がしない。グライダーだけ見えててかっこいいし、デザインも美しい。作品もすごくうまかったから、その動画を観てると陶然としちゃいますね。それから時々、かわいい子犬とか子猫も観ます。最近、感動したのは聴覚障害の幼児が、初めてお母さんの声を聞いた動画かな。そのときにその子の表情が、感動して泣いているとしか思えないの。それに笑いが交じる、うれしい笑いが。観ているだけでこっちもほろりとしちゃうぐらい、いい映像でしたね。

三角　私も観たかもしれません。

谷川　本当?　よくあれを撮れたなと思った。

三角　最後の質問です。《ふだん、おうちでは何を着ていますか》

谷川　夏の間はTシャツだけですね。寒くなったらそのTシャツの上になんか長袖を着て、もうちょっと寒くなったら、セーターになります。できるだけ簡単なものを着たいんですよね。前は結構、おしゃれ心みたいなものがあったんだけど、今はほとんどなくなって、ただ人に不快感を与えなけりゃいいんじゃないの、になっちゃってますね。

三角　でも今日のシャツ、かっこいいですよ。

谷川　公的な映像になることを思うと、それはやっぱり、鏡を見て選びました。木綿カシミヤっていうんだけど、肌触りが良くて暖かいの。

（2020年10月収録）

谷川俊太郎（たにかわ・しゅんたろう）

詩人。1931年東京生まれ。1952年第一詩集『二十億光年の孤独』を刊行。1982年『日々の地図』で第34回読売文学賞、1993年『世間知ラズ』で第1回萩原朔太郎賞、2010年『トロムソコラージュ』で第1回鮎川信夫賞、2016年『詩に就いて』で三好達治賞、2019年国際交流基金賞など受賞・著書多数。代表作に『六十二のソネット』『旅』『夜中に台所でぼくはきみに話しかけたかった』『はだか』『私』など。詩作のほか、エッセイ、絵本、翻訳、脚本、作詞など幅広く作品を発表している。

あとがき

ひとりきりで自室で書きつづける暮らしをしていると、しばしば今日が何曜日かわからなくなるときがある。平日も週末も関係のない暮らし。とはいえ、休日って、とてもまぶしい。その音色がまぶしいのだ。自分が週末と決めたら、いつでも週末を過ごすことができるのが、作家生活のよいところでもある。

二年にわたる連載の機会をいただき、呼応するふたつの物語を描きたいと思った。一年目は「ぼく」の視点で、二年目は「わたし」の視点で。ぼくとわたしの性別は決めつけたくないし、「きみ」と「あなた」の日々は、もしかしたら交差しないかもしれない。それでも、ふたつの音が混じりあって、ひとつの曲になるように綴りたいと考えた。

人類が意図せずに呼応して、奏でるみたいに。日常のなかで、すれちがうひとのことを想うみたいに。そうやって書いて、そうやって誰かに届いたら、このうえない幸福になる。詩人から詩が離れて、羽ばたいて、自由に響いていきますように。

そんなふうに願いながら、いつも朝を待っている。祈る速度で、朝を待っている。

冬がやってきた札幌の夜明け前にて

三角みづ紀　既刊詩集

『オウバアキル』（２００４年）　第10回中原中也賞
『カナシヤル』（２００６年）　第18回歴程新鋭賞・２００６年度南日本文学賞
『錯覚しなければ』（２００８年）
『はこいり』（２０１０年）
『隣人のいない部屋』（２０１３年）　第22回萩原朔太郎賞
『舵を弾く』（２０１５年）
『よいひかり』（２０１６年）
『どこにでもあるケーキ』（２０２０年）

＊

『連詩 悪母島の魔術師』（２０１３年 新藤涼子・河津聖恵共著）　第51回藤村記念歴程賞
『夜の分布図』（２０１３年 Kindle 詩集）
『現代詩文庫　三角みづ紀詩集』（２０１４年　選詩集）

三 角 み づ 紀

Mizuki Misumi

詩人。1981年鹿児島県生まれ。東京造形大学在学中に詩の投稿をはじめ、第42回現代詩手帖賞受賞。第1詩集『オウバアキル』にて第10回中原中也賞を受賞。第2詩集『カナシヤル』で南日本文学賞と歴程新鋭賞を受賞。書評やエッセイの執筆、詩のワークショップもおこなっている。朗読活動を精力的に続け、自身のユニットのCDを2枚発表し、スロヴェニア国際詩祭やリトアニア国際詩祭に招聘される。2014年、第5詩集『隣人のいない部屋』にて第22回萩原朔太郎賞を（当時の）史上最年少で受賞。本書は第9詩集となる。現在、南日本文学賞の選考委員を務める。美術館での言葉の展示や作詞など、あらゆる表現を詩として発信している。

週《しゅう》末《まつ》のアルペジオ

2023年1月31日　初版第1刷発行

著者
三角《みすみ》みづ紀《き》

発行者
伊藤良則

発行所
株式会社春陽堂書店
〒104-0061 東京都中央区銀座3-10-9 KEC銀座ビル9F
電話 03-6264-0855（代表）

印刷・製本
ラン印刷社

本書へのご感想は、contact@shunyodo.co.jp にお寄せください。

ISBN 978-4-394-99015-4 C0092